Anna,

I got

in the Summer of

'94 in Madrid, Spain.

If you can't read

it, consult your father

If he can't read it,

then oh well!

Forget Me Not

♡, Ashley Sierra

El pintor y el Rey

JOAQUÍN
AGUIRRE BELLVER

El pintor y el rey

Ilustraciones:
JOAQUÍN AGUIRRE BELLVER

Diseño: Gerardo Domínguez Amorín
1.ª edición: marzo 1990

I.S.B.N.: 84-207-3605-8
Depósito legal: M. 1.513/990
Compuesto en PUNTOGRAPHIC, S. A. L.
Sol Naciente, 31. 28027 Madrid
Impreso en Peñalara, S. A.
Carr. Fuenlabrada a Pinto, km. 15,180 (Madrid)
Printed in Spain

Presentación

Este es un cuento realizado en plena libertad de creación. He querido hacer una obra nueva y distinta, en la que el texto y la ilustración aparecen plenamente aliados; tal como habían ido, desde el principio, en mi tarea. Mientras escribía iba dibujándolo, en sus personajes, en sus escenarios. Aquellos apuntes han servido de apoyo a la ilustración definitiva.

Al mismo tiempo, el cuento es todo él un juego de ritmos que busca la mayor riqueza expresiva y trata de recobrar la tradición de la lectura en voz alta. Un cuento para ser contado.

Con este libro quiero alentar una formación creadora; escribir, ilustrar. Esa es la intención; ése, todo el mensaje.

El autor

IERTA VEZ, hubo un pintor que retrataba a la gente con una cara tan guapa que no se reconocía.

—*¿Este soy yo?* —preguntaba todo el mundo.

Y el pintor respondía:

—*Con un poco de paciencia, sí señor.*

Cargado con la maleta
de sus colores,
de sus pinceles,
de su paleta,

llevando al hombro
el armatoste
del caballete,
fue pueblo por pueblo.

En uno le hicieron burla, después que se vieron retratados, diciendo que no tenían cara de santos ni de ángeles.

Los cuadros que pintó estaban, en graneros y desvanes, vueltos cara a la pared.

FRAGUA DEL SEÑOR VULCANO

El pintor iba y venía
suplicando a los vecinos:
—Por favor,
tened paciencia.

Pero el herrero
pidió
su dinero
a la justicia.

—*Señor juez, ¿éste soy yo?*

A la vista del retrato, el señor juez sentenció que no estaba parecido. Fue condenado el pintor a devolver el dinero, si no pintaba mejor.

—*Mejor no sé* —repetía.

Se marchó del pueblo, triste, mucho más pobre que entró.

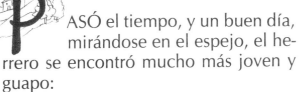

PASÓ el tiempo, y un buen día, mirándose en el espejo, el herrero se encontró mucho más joven y guapo:

—*¿Será cierto? ¿Este soy yo?*

Tenía gran parecido con el retrato. Tembló, pensando que el juez podría mandarle pagar de nuevo los jornales del pintor. La avaricia le cerró la boca.

Poco después, observó que sus vecinos también se iban pareciendo, más cada vez, a los rostros de los cuadros.

—*No soy yo solo.*
Todos lo notaban, y se lo callaban todos, lo mismo que el herrador, movido por la avaricia.

Pero a solas y escondidas,
se miraban, comprobaban
cada día, cada rato,

cómo se les semejaba,
más cada vez, su retrato.
El rostro era de unos ángeles;
el alma, de unos avaros.

Muy de madrugada,
             ¡tararí, tatí!,
llegó un gran cortejo de hombres a
                              [caballo,
             ¡tararí, tatí!,
sonando trompetas, tambores, timbales,
             ¡tararí, tatí!,

portando estandartes reales, ducales,
[condales,
¡tararí, tatí!,
disparando salvas con las escopetas,
¡tararí, tatí!,
picando en las puertas con las alabardas,
¡tararí, tatí!

Despertó la gente con gran sobresal-
to, llena de emoción, saltó de la cama,

salió a la ventana, y se echó a la calle
con el camisón.

Heraldos
vestidos
para
carnavales,
¡tararí, tatí!,
leyeron
al pueblo
un pregón
que decía
así:

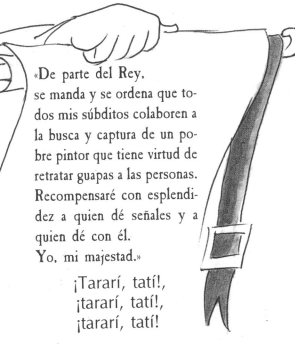

«De parte del Rey, se manda y se ordena que todos mis súbditos colaboren a la busca y captura de un pobre pintor que tiene virtud de retratar guapas a las personas. Recompensaré con esplendidez a quien dé señales y a quien dé con él.
Yo, mi majestad.»

¡Tararí, tatí!,
¡tararí, tatí!,
¡tararí, tatí!

31

Ansiosos por recibir el premio,
se apresuraron todos a gritar
diciendo que ellos vieron
al pintor, y los dejó retratados.

—¡Yo lo he visto!
—¡Yo, también!
—¡Y yo!
—¡Y yo!
—¡Y yo!
—¡Y yo!
—¡Y yo!
—¡Y yo!

—*¡Silencio!* —les ordenó la voz de un alcalde real.

Y, como no se callaban, hizo sonar las trompetas. Luego, les dijo a los guardias:
—*Llevadlos a todos, junto con sus cuadros, a palacio.*

Fueron vanas las protestas, las lágrimas y las súplicas.

Ciento cuarenta vecinos, con custodia de alabardas, marcharon por los caminos portando ciento cuarenta grandes lienzos enmarcados.

L CABO DE CUATRO DÍAS de procesión por los campos, de subir y de bajar montañas, de cruzar ríos, de dormir al raso, echados sobre el santo suelo, vieron, por fin, el palacio real. Atravesaron el foso, treparon las tres cuestas escarpadas, y llegaron a la presencia real.

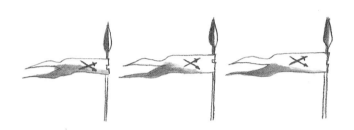

En lo alto del trono, rodeado de lan-
zas, el cetro en la mano, la corona, de
oro, de plata y diamantes, estaba espe-
rándolos
el Rey.

Se postraron, del primero al último,
todos de rodillas, en cuanto le vieron tal
cara de enfado.

Primero habló el juez, y dijo:

—¿No es cierto que ahora os parecéis a vuestros retratos? Responded: ¿no es cierto? Pues, entonces, ¿cómo no fuisteis en busca del pobre pintor, inmediatamente que os visteis más guapos, para devolverle lo que le debíais?

Callaban los ciento cuarenta vecinos porque no tenían nada que decir.

—Majestad, declaro culpable a todos.

El Rey,
puesto
en pie,
mandó
que

46

allí mismo
les fueran
cortadas
las cabezas...

47

—¡No!
—¿Por qué
me interrumpes?
El herrero dijo,
temblando:
—No es justo.
—¿Tú, que eres
el más culpable
de todos,
dices que no
es justo?

48

—Sólo una
persona
podría acusarme.
—¿Quién es?
—El pintor.
Pero no aparece
por ninguna parte.
Le contestó
el Rey con
estas palabras:
—YO SOY EL PINTOR.

—¿*El pintor?* —preguntó el herrero, pasmado, asombrado.

—*Dime tú, si no, cómo te conozco, pese a que has cambiado. ¿No lo sabes? Pues porque te pinté dentro de tu fragua, mientras trabajabas de humilde herrador. Yo hice ese retrato que has traído a hombros.*

Se asustaron más todavía los vecinos allí presentes, al ver que Su Majestad los reconocía.

Entonces, el Rey contó así su historia:

—Cuando yo era príncipe, quise que la gente de mi reino fuese más guapa y mejor el día que yo subiera a este trono. Fui de sitio en sitio, sin decir mi

53

nombre, pintándolos como los imagina-
ba, pidiéndole a Dios que, al correr del
tiempo, se volviesen como se los retra-

tó. Me hizo caso. Sólo las ciento cuarenta personas de un pueblo fueron a
peor. ¿No sabéis por qué?

Porque eran avaros. Les cambió la cara; su alma no cambió. Dos veces ne-

garon su paga al pintor: cuando su retrato no se parecía, y cuando el retrato se les pareció.

57

En primer lugar, un paje rasgó con
unas tijeras el cuadro engañoso del herrero. Dio el dueño un gran grito, se lle-
vó las manos al rostro, lloró con amar-
gas lágrimas, mientras se volvía feo como antes.

58

Lo mismo sufrieron todos los vecinos,
lo mismo lloraron y se arrepintieron de
haber sido avaros, al ver que cortaban
la cara pintada del viejo retrato. ¡Señor,
qué mal rato, mientras la belleza les era
arrancada!

El Rey castigó la avaricia así.

Para dar ejemplo, mandó que, en la plaza del pueblo, pusieran un cartel que dice:

«La avaricia es la fealdad del alma.»

Quedan extrañados todos los viajeros al ver, en un reino de gente tan guapa, una aldea de gente tan fea. Preguntan, les cuentan lo que allí pasó, les enseñan los cuadros sin cabezas; pero siempre lo echan a imaginación. Tampoco comprenden la buena razón de que el pueblo tenga un nombre tan raro. Así: